Jagdsaison

Jagd auf das weiße Kaninchen

von

Ariane Eichhorn

Bibliografische Information der Deutschen Nationalbibliothek: Die Deutsche Nationalbibliothek verzeichnet diese Publikation in der Deutschen Nationalbibliografie; detaillierte bibliografische Daten sind im Internet abrufbar.

Herstellung und Verlag:
BoD – Books on Demand, Norderstedt

ISBN: 9783756217588

Widmung

Dieses Buch soll allen Heimatvertriebenen gewidmet sein, die so viel aufgeben mussten und trotzdem den Mut gefunden haben weiterzumachen.

Beendet die Kriege dieser Welt, das Leid unschuldiger Menschen und lasst uns gemeinsam in Frieden leben. Die Welt ist groß genug für uns alle.

Danksagung

Vielen Dank an meine Familie, die mich in so traurigen und unbegreiflichen Momenten auffängt.

Vielen Dank Andrea dafür, dass du mich immer unterstützt und mich motivierst diesen Weg weiterzugehen. Du bist eine der mutigsten Frauen, die ich kenne. Zweifle niemals daran!

Jagdsaison

Jagd auf das weiße Kaninchen

von

Ariane Eichhorn

Die Jäger trampelten die
Gänseblümchen nieder, die ich
so mochte. Schuldfreie
Gänseblümchen versteckt in
saftgrünem Gras, in ihrem
weißen Unschuldskleid mit rosa
Spitze, die nichts weiter getan
hatten, als zur falschen Zeit
am falschen Ort gewesen zu
sein.

Schüsse, tausendfach und der
Traum einer Idylle zerbarst.
Statt der Tannen Duft, lag der
Geruch schweren, heißen Metalls
in der Luft. Tausende Schüsse
inmitten einer heilen Welt voll
Leben und Grün, die jetzt in
Scherben lag, die nur noch

bruchstückhaft zeigten, wie die Welt einmal gewesen war, bevor die Jäger kamen. Die Vögel stoben laut rufend panisch davon.

Fliegen. Wenn man nur so einfach fortfliegen könnte wie sie.

Doch Flügel hatte ich keine, also sah ich ihnen sehnsüchtig nach, während ich zurückblieb. Allein inmitten meiner Jäger. Eine unheimliche Stille lag über dem Wald.
Die Jäger sahen sich an.
„Haben wir sie erwischt?"
Schulterzucken.

 11

Vor lauter Rauch war nichts zu
erkennen. Sie warteten mit
angelegtem Gewehr, bis der
Rauch sich verzog. Doch das
weiße Kaninchen war auf
magische Weise verschwunden.
Was war passiert?

…

Ein Beben. Bomben?
Ich wartete auf den nächsten
Einschlag. Es kam keiner, doch
das Beben blieb.
Ich selbst war es, die bebte
und zitterte. Ich erzitterte
vor dem, was kommen würde, dem,
was unausweichlich sein würde.
Die Angst hielt mich fest
umklammert wie ein kleines Kind

 12

seine Mutter. Sie ließ mich
nicht los.

Ich versteckte mich wie ein
Kaninchen im Bau. Doch die
Jäger kannten keine Gnade.
Unerbittlich trieben sie alles
in die Enge - Tiere, Menschen,
Leben. Sie würden die Welt
ausräuchern und vernichten.
Alles auslöschen, was ihnen
begegnet. Das Leben aus dieser
Welt tilgen, als wäre es
nichts, unbedeutend und kein
Wunder. Kein Zwitschern mehr,
keine vorsichtigen Schritte im
Gras, kein Rascheln im Gebüsch,
kein Summen und Brummen,

einfach nur leblose
unnatürliche Stille.

Wenn ich leben wollte, musste
ich diesen Kreis durchbrechen.
Oder war es besser auszuharren
und zu hoffen? Nichtstun in der
Hoffnung auf jemanden, der
kommen würde, um mich zu
retten? Einen Helden?

Doch Helden gab es nur in
Filmen. In der Realität nannte
man solche Menschen lebensmüde.
Sie waren nicht mutig, sondern
brachten sich in größte Gefahr
und das nicht nur, weil sie
keinen anderen Ausweg hatten –
anders als ich.

Ich war kein Held und nicht lebensmüde. Doch was blieb mir nun? Kommen würde niemand, außer dem Tod.

Also doch laufen? Irgendwohin, wo mich niemand kannte, wo keine Freunde warteten, zu Menschen, deren Sprache ich nicht konnte, wo ich nichts mehr hätte und nichts weiter wäre als ein Flüchtling ohne Arbeit - Ballast für die Gesellschaft? Sollte ich alles zurücklassen, was ich mir ein Leben lang so mühsam aufgebaut hatte? Nichts von alledem würde in einen Koffer passen … ich wäre wieder ein Niemand in

einer Welt, die Niemande zum Frühstück verspeist.

Wollte ich das? Könnte ich so leben? War ich bereit für ein solches, neues Leben, in dem ich mir alles wieder neu erkämpfen müsste?
Ich war müde davon zu kämpfen, nur um die alltäglichen Dinge auf der Welt zu besitzen. ‚Im Leben bekommt man nichts geschenkt', hieß es, auch wenn man sein ganzes Leben hart gearbeitet hatte. Ich war müde und alt. Wollte ich also noch kämpfen?

Ich wusste es nicht. Aber
sterben wollte ich auch nicht.

Ich hörte die Einschläge. Sie
kamen immer näher. Die Angst
klammerte sich noch fester an
mich, ein starker fester Griff,
der mich nicht losließ und aus
dem ich mich nicht zu befreien
vermochte. Schon zu lange war
sie meine Begleiterin in jeder
wachen Minute und oft auch im
Schlaf. Sie saß tief und doch
kroch sie tiefer und tiefer in
mich hinein, weil ich es
zuließ, auch wenn ich nicht
wollte. Sie klopfte nicht an
und bat um Einlass. Ihr
unaufhörliches Kratzen und

Schaben drang tiefer und
tiefer. Es war unangenehm wie
das Quietschen der Kreide auf
den Schiefertafeln der Schulen,
als die Welt noch in Ordnung
war.
Doch die Kreide verstummte und
jetzt hörte ich ein tödliches
Lachen, das Lachen der Angst in
meinem Nacken. Es jagte mir
einen Schauer über den Rücken
und ließ mich erneut erbeben.
Sie breitete sich aus und
lähmte mich - bis auf mein
Zittern.

Ich wusste nicht, was ich tun
sollte. Verzweiflung ließ mich
innerlich schreien. Meine

Nerven gingen mit mir durch.
Ich weinte, schrie und raufte
mir die Haare, dann weinte ich
wieder und schrie.
Als mein Panikanfall vorbei,
meine Schreie verklungen und
die Tränen versiegt waren,
fühlte ich nur die Leere in
mir.

Mein Leben war jetzt schon
fort. Das alte Leben.
Fortgeflogen, wie die Vögel,
die ihre Lieder mit sich nahmen
und nur Totenstille
zurückließen.

Wenn ich ein neues Leben wollte, dann müsste ich kämpfen. Und das wollte ich doch, ein neues Leben, oder?

Der Tod schritt durch die Gassen und ich wusste, er würde auch an meine Tür klopfen. Und das war er doch, der Grund meiner Angst, oder?
Wollte ich so lange warten und ihn mit offenen Armen empfangen, nur um dann in seinem Geleit in den dunklen Nebel zu entschweben? Und alles wäre einfach so vorbei? Ich hatte eine Aufgabe, mein Leben einen Sinn. Sollte das nun alles wirklich umsonst gewesen

 20

sein? Einfach vorbei sein? Ich wollte die Welt ein Stück besser machen. Bäume pflanzen, die Natur lieben und mit ihr im Einklang leben. Ihr alles zurückzugeben, was sie mir gab, einen Ausgleich schaffen, anstatt sie zu unterwerfen und auszubeuten, bis nichts mehr da ist als kahler Boden und unfruchtbare Erde, leere Meere und glühende lebensfremde Hitze.

Ich hatte mir meinen Ort
geschaffen, meine kleine
Idylle, mein Bollwerk gegen die
Welt. All die kleinen und
großen Katastrophen waren weit,
weit weg. Doch nun brachten
fremde Männer ihren Krieg, ihre
Zerstörung, ihren Hass und
dessen Gefolgsmann, den Tod,
hierher.
Was würde passieren, wenn ich
ginge? Alles, was ich mir mit
meinen eigenen Händen so hart
erarbeitet hatte, wäre für
immer verloren. Doch das musste
es nicht!

Nein, es durfte nicht so enden!
Es gab immer noch Hoffnung –

woanders. Ich durfte nicht
bleiben.
Wieder hörte ich die
Einschläge.
Nein, ich durfte nicht bleiben.

Die Welt schwankte, als ich mit
zitternden Händen aufstand.
Mein Entschluss stand fest. Ich
würde aufbrechen, in eine neue,
mir unbekannte Welt und ich
würde mich durchschlagen,
irgendwie. Ich hatte mich mein
ganzes Leben lang
durchgeschlagen und gekämpft:
Gegen Armut und Hunger, für ein
würdiges Leben und was wäre das
jetzt für ein Ende, sich
einfach in sein Schicksal zu

fügen? Unwürdig! Also würde ich kämpfen.

Ich schritt langsam zur Tür und lauschte auf jede Bewegung. Immer noch zuckte ich bei den einzelnen Einschlägen zusammen. Ich öffnete die Haustür und schritt hinaus.

Einmal drehte ich mich noch um. Ein letzter Blick, um mich zu verabschieden, von allen Dingen, die mich schon mein ganzes Leben über begleiteten, Dinge, die mich ausmachten. Nur die wenigsten passten in meinen kleinen Marschrucksack und so ließ ich ein Stück von mir für immer zurück.

„Verzeihung", hätte ich ihnen gern gesagt, denen, die zurückbleiben mussten, den Erinnerungen an mein Leben, an die, die vor mir da waren, aber das Wort blieb mit einem Schluchzen in meiner Kehle stecken. Abschied zu nehmen war nie leicht, auch nicht von Dingen, an denen das Herz hing, Dinge die unbezahlbar waren, weil sie voller Erinnerungen steckten. Dinge, die die Erinnerungen zurückbrachten, die ohne sie längst im Fluss

der Zeit verloren gegangen
wären.

Einen letzten Blick gestattete
ich mir noch, um eine neue
Erinnerung zu schaffen. Eine
Erinnerung an all mein
bisheriges Leben. Dann schloss
ich die Tür, vielleicht für
immer.

Die Hand auf das raue Holz zum letzten Gruß gelegt, sagte ich still „Leb wohl", wissend, dass all dies vielleicht bald nicht mehr da wäre, dass ich all dies zum letzten Mal sah.

Dann hörte ich sie plötzlich: Maschinengewehre! Ganz in der Nähe, viel zu dicht und auch der satte Duft des Waldes wich einer bleiernen Schwere in der Luft. Sie holten mich in die Realität zurück.
Die Jäger waren da und sie würden mich jagen.

Die Jagdsaison war eröffnet und eins wurde mir auf einmal gewahr: Das weiße Kaninchen war ich.

Lauf!

...

Die Jäger trampelten die Gänseblümchen nieder, die ich so mochte. Schuldfreie Gänseblümchen versteckt in saftgrünem Gras, in ihrem weißen Unschuldskleid mit rosa Spitze, die nichts weiter getan hatten, als zur falschen Zeit am falschen Ort gewesen zu sein.

Schüsse, tausendfach und der
Traum einer Idylle zerbarst.
Statt der Tannen Duft, lag der
Geruch schweren, heißen Metalls
in der Luft. Tausende Schüsse
inmitten einer heilen Welt voll
Leben und Grün, die jetzt in
Scherben lag, die nur noch
bruchstückhaft zeigten, wie die
Welt einmal gewesen war, bevor
die Jäger kamen. Die Vögel
stoben laut rufend panisch
davon.

Eine unheimliche Stille lag
über dem Wald, und das Einzige,
was sie durchbrach, war das
heftige Pochen meines Herzens,
das mir unnatürlich laut in den
Ohren dröhnte. Es schien fast,
als wollte mein Herz
voraneilen, fortfliegen, ohne
mich.

Dann wieder Schüsse.

Rote nasse Wärme breitete sich
auf mir aus.
Die Welt kippte auf die Seite.

Seltsam.

Die Sterne tanzten und im Frühling fiel wieder der erste Schnee.

Wie wunderschön.

Als hätte mich der Magier aus dem schwarzen Zylinder in eine neue Welt gezaubert. Mein neues Leben begann jetzt und der Mann mit dem dunklen Zylinder hakte mich behutsam unter und geleitete mich auf meinen Weg.

Das weiße Kaninchen wurde grau, als sich die Asche der Zerstörung wie ein Leichentuch über es legte.

Grau in Grau war es
verschwunden, wie von
Zauberhand - entschwunden in
eine bessere Welt, weit weg von
den Gräueltaten des Krieges.

Das Kaninchen aber war fort.
Entschwebt und nun doch wie ein
Vogel fortgeflogen.

ENDE

Ihr möchtet mehr von mir lesen?
Dann folgt mir auf
- meiner Homepage:
www.ariane-eichhorn.de

- auf Facebook:
www.facebook.com/NessaMidnight/

oder
- Instagram: Tintenstaubmagie
(Gerne auch mit QR-Code (sh. vorne)

autorin.ariane.eichhorn@gmail.com
www.ariane-eichhorn.de

Autorin:
Ariane Eichhorn

Lektorat und Klappentext:
Andrea Benesch

Coverdesign: Ariane Eichhorn

Bilder von elements.envato.com
Bildbearbeitung: Ariane Eichhorn
Buchsatz: Ariane Eichhorn

.